O Jardim de Marielle

Majori Silva

Ilustrações: Kako Rodrigues

"AOS PEQUENOS, PARA QUE ENTENDAM COM LEVEZA QUEM FOI MARIELLE FRANCO"

1.ª EDIÇÃO – CAMPINAS, 2022

MOSTARDA EDITORA

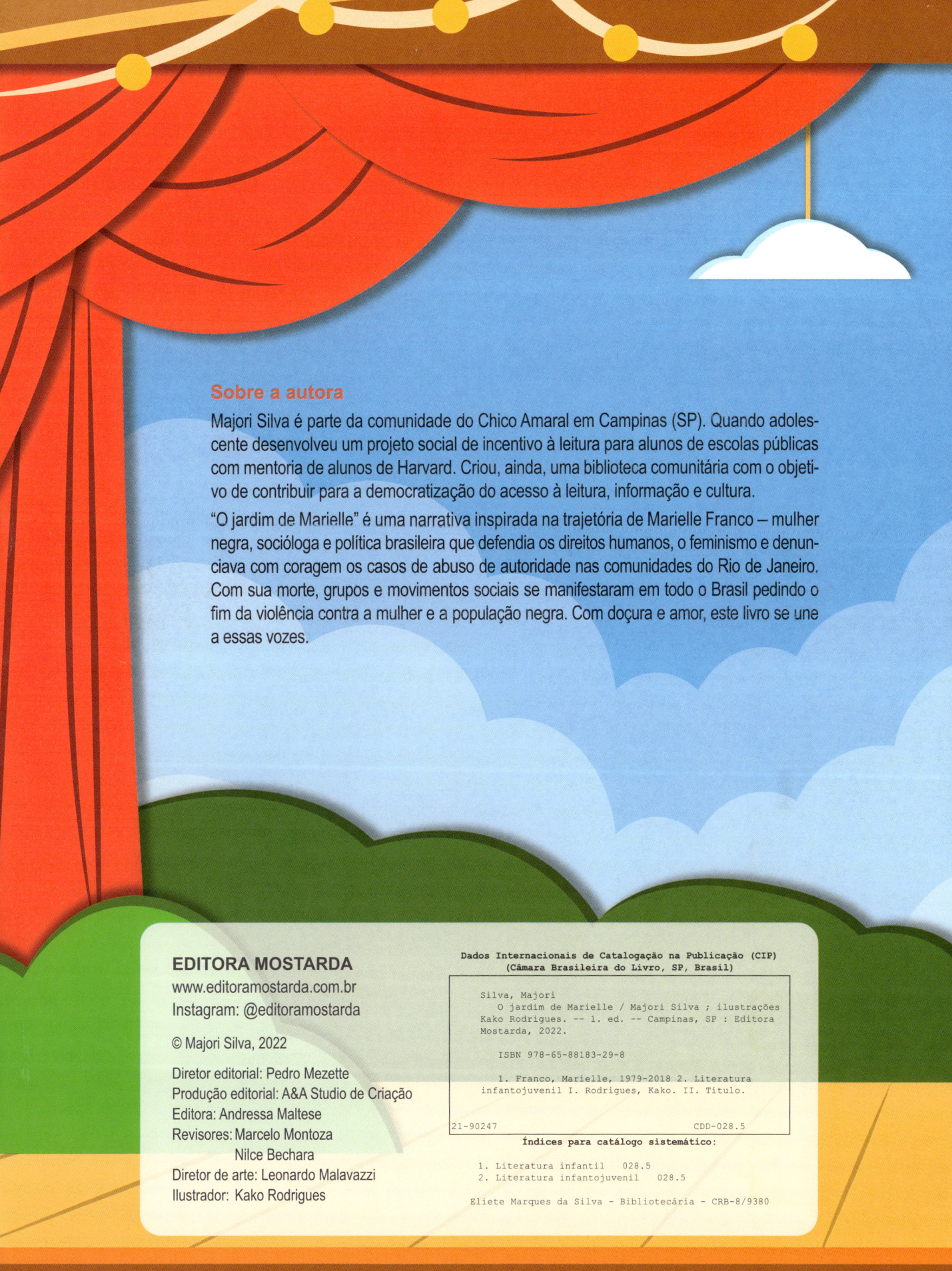

Sobre a autora

Majori Silva é parte da comunidade do Chico Amaral em Campinas (SP). Quando adolescente desenvolveu um projeto social de incentivo à leitura para alunos de escolas públicas com mentoria de alunos de Harvard. Criou, ainda, uma biblioteca comunitária com o objetivo de contribuir para a democratização do acesso à leitura, informação e cultura.

"O jardim de Marielle" é uma narrativa inspirada na trajetória de Marielle Franco — mulher negra, socióloga e política brasileira que defendia os direitos humanos, o feminismo e denunciava com coragem os casos de abuso de autoridade nas comunidades do Rio de Janeiro. Com sua morte, grupos e movimentos sociais se manifestaram em todo o Brasil pedindo o fim da violência contra a mulher e a população negra. Com doçura e amor, este livro se une a essas vozes.

EDITORA MOSTARDA
www.editoramostarda.com.br
Instagram: @editoramostarda

© Majori Silva, 2022

Diretor editorial: Pedro Mezette
Produção editorial: A&A Studio de Criação
Editora: Andressa Maltese
Revisores: Marcelo Montoza
              Nilce Bechara
Diretor de arte: Leonardo Malavazzi
Ilustrador: Kako Rodrigues

Dados Internacionais de Catalogação na Publicação (CIP)
(Câmara Brasileira do Livro, SP, Brasil)

```
Silva, Majori
    O jardim de Marielle / Majori Silva ; ilustrações
Kako Rodrigues. -- 1. ed. -- Campinas, SP : Editora
Mostarda, 2022.

    ISBN 978-65-88183-29-8

    1. Franco, Marielle, 1979-2018 2. Literatura
infantojuvenil I. Rodrigues, Kako. II. Título.

21-90247                                    CDD-028.5
```

Índices para catálogo sistemático:

1. Literatura infantil   028.5
2. Literatura infantojuvenil   028.5

Eliete Marques da Silva - Bibliotecária - CRB-8/9380

AINDA QUE O SOLO NÃO PARECESSE FÉRTIL, QUE A CHUVA DEMORASSE A CAIR, QUE MUITAS FLORES ESTIVESSEM QUASE SECANDO, MARIELLE SEGUIA COM A MISSÃO DE LEVAR ÁGUA, ADUBAR A TERRA E ATÉ CANTAR PARA AS FLORES:

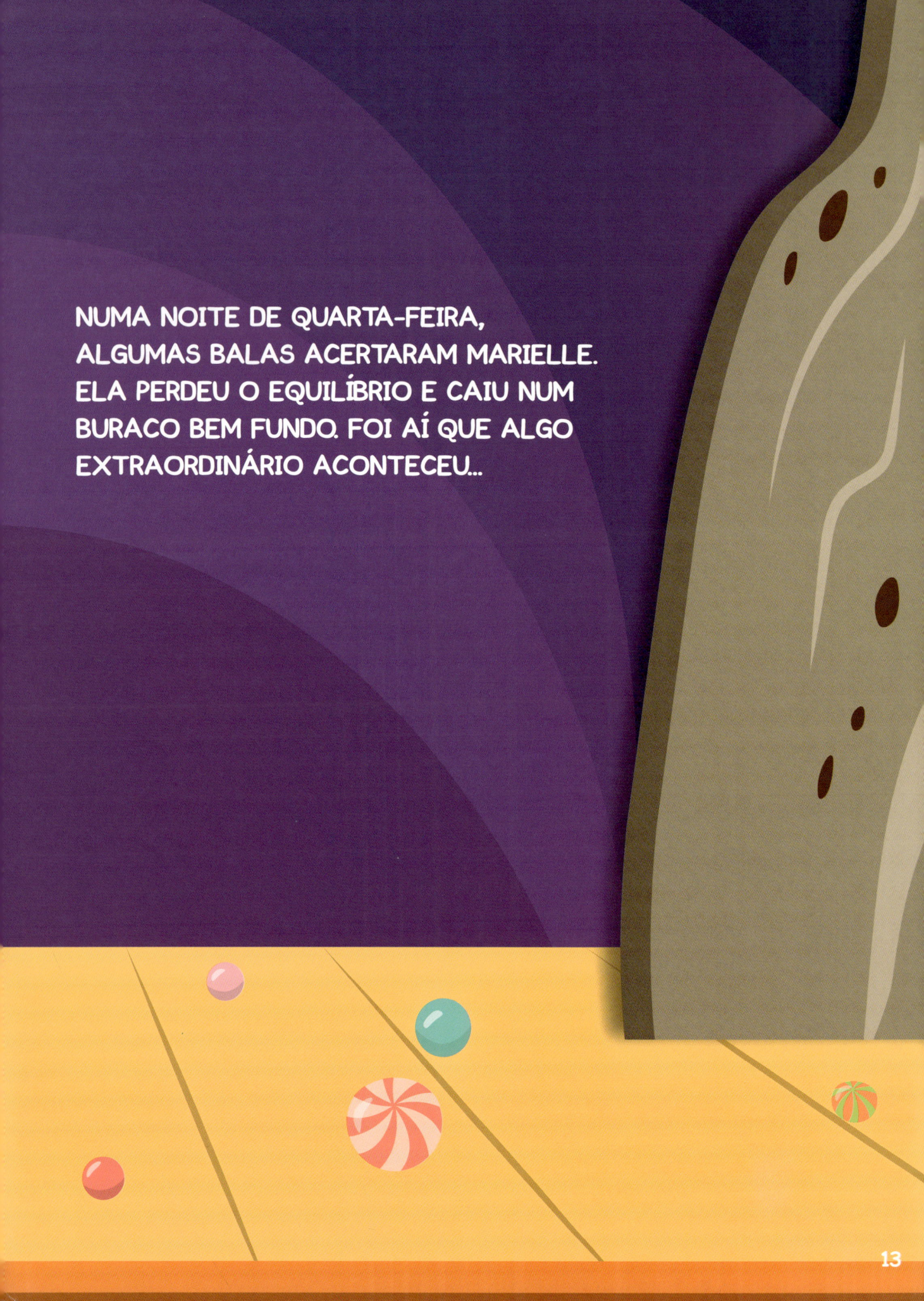

NUMA NOITE DE QUARTA-FEIRA, ALGUMAS BALAS ACERTARAM MARIELLE. ELA PERDEU O EQUILÍBRIO E CAIU NUM BURACO BEM FUNDO. FOI AÍ QUE ALGO EXTRAORDINÁRIO ACONTECEU...